W0188494

Thomas Lehr

Größenwahn passt in die kleinste Hütte

Kurze Prozesse

Carl Hanser Verlag

1 2 3 4 5   16 15 14 13 12

ISBN 978-3-446-23983-8
© Carl Hanser Verlag München 2012
Alle Rechte vorbehalten
Satz im Verlag
Druck und Bindung: CPI – Ebner & Spiegel, Ulm
Printed in Germany

Für Dorle

Tagesordnung

**Ein jeder macht sich die Welt so groß
wie er ist**

Die Welt wird nicht untergehen, und so ist sie auch nicht zu retten.

Wenige graben. Viele grübeln.

Man befindet sich in einem bedenklichen Zustand, wenn einem alle anderen gleich erscheinen.

Ein gutes Argument schlägt nicht.

Ich hatte einen Traum, in dem ein weltbekannter, in einem berühmten Zoologischen Garten lebender Alligator durch Herzverpflanzung gerettet wurde. Das Herz stammte von einem weniger bekannten Studenten, und man versicherte in den Nachrichten, dass jener ohnehin bald gestorben wäre. So nähert sich die Zukunft in den Wassern der Nacht.

Wer etwas recht anfangen kann, kann auch recht aufhören. Die unermüdlichen Arbeiter haben eben nichts, das müde wird.

Wer kämpfen muss, hat schon verloren.

Wenn alle schweigen, ist es leicht, schwerhörig zu sein.

Das Haarespalten ist heutzutage auch nur noch ein Holzhacken.

In der Erde graben und Licht finden.

Wer sich allein an dem festhält, was er versteht, tut einen ungeheuren Fall. Der Griff nach Kafkas Geländer.

Dummköpfe sind nicht der Schatten, der die Flamme des Geistes heller erscheinen lässt. Sie sind der Stickstoff, in dem sie zugrunde geht.

Viele Sachen haben Hand und Fuß. Aber noch lange keinen Kopf.

Dem Außen-Pfui und Innen-Hui kann ich auch nichts abgewinnen.

Die Welt hält es nicht lange in unseren Köpfen aus und befreit sich mit jedem Tod.

Nichts kostet mehr Kraft, als alles vor sich herzuschieben.

In der Kunst geht es ganz gerecht zu. Einer beschäftigt sich mit unbezahlbaren Dingen, und zumeist will ihn auch keiner kaufen.

Visual culture: In die Augen, aus dem Sinn.

Die Hoffnungslosigkeit einer gesicherten Existenz muss man erst einmal ertragen lernen.

Wer vom Erlebnis zur Erfahrung will, muss über das Drahtseil des Gedankens.

Die Anfänger gehen ja noch hin. Schlimm sind die blutigen Könner.

Wie man auch in den Wald ruft, es rieseln die Nadeln.

Sollen sie doch ihre Ideale begraben. Lästig allerdings sind die Pyramiden, die sie darüber errichten.

Ein letztes Ende nach dem anderen.

Hin und wieder komme ich zu mir. Meist werde ich sehr unfreundlich empfangen und sehe zu, dass ich wieder außer mich gerate.

Die Zukunft ist schon vergessen. Aber der Vergangenheit sollte man doch immer eine Chance einräumen.

Wenn die Späne fallen, redet man sich gern auf einen Hobel heraus.

Gegen den Rest der Welt kämpfen so viele, dass es kein Kunststück mehr ist, ihn zu besiegen.

Die Motten, die gegen die Glühbirne stoßen, behaupten gerne, sie suchten den Mond.

ETWAS ist noch immer nicht bekannt, obwohl es doch so viele dazu gebracht haben.

Unter den Grabmälern zu graben ist oft noch appetitlicher, als unter den Denkmälern zu denken.

Kafkas Hund trifft Schrödingers Katze. Wer überlebt?

Ich reise schon lange. Aber ich glaube noch immer nicht daran.

Die widerwärtige Nähe von Menschen, die Macht über dich haben.

In der Kürze mag die Würze liegen. Doch wovon ernährt man sich?

Die Dialektik des Teufels führt meist noch dazu, dass die Täter sich gequält und die Opfer sich schuldig fühlen.

Sich an den Fehlern der anderen großtun – der wahre Kretinismus.

In die Posaunen wird immer auch gerotzt.

Wer im Glashaus sitzt, wartet auf die Steine.

Ach, all die Gedanken, die aussichtslos an die überfüllten Schädel klopfen und dann traurig weiterziehen wie eine heilige Familie.

Für die Kleinen sind alle Großen gleich groß.

»Richtig reisen«, nun gut. Aber was ist mit unserem Weltproblem: »Richtig Zuhausebleiben«?

Das Theater meiner Sorgen. Man darf wirklich keinen Kritiker hineinlassen.

Geboren werden sie alle. Aber es kommt doch selten einer zur Welt.

Die Bretter, die die Welt bedeuten, werden gerne vor dem Kopf getragen.

Die Lebenslüge ist der Irrglaube, wir hätten uns einmal die Mühe gemacht, eine solche zu erfinden.

Text ohne Schatten.

Der Tag ist die Anatomie der Nacht. Nichts für schwache Nerven.

Nicht müde werden, an der Auferstehung der Lebenden zu arbeiten!

Die Zeit macht uns noch immer zu Genossen und jeder ihrer Fünfjahrespläne gelingt.

Rückwärts denken schafft noch so mancher. Erst beim rückwärts Fühlen beginnt die Kunst.

Städte wie Flüche aus Stein.

Der Erfolg ist immer der Sieger. Er erledigt sogar diejenigen, die gar keinen haben.

Manche graben den anderen so tiefe Gruben, dass sie nie wieder ans Tageslicht zurückfinden.

Der Pfau schmückt sich mit den Augen des Argus. Aber er sieht nichts damit.

Die Zeit ist an deiner Seite. Solange du mit ihr Schritt hältst.

Fachärzte für verzweifelte Maschinen

Neuerdings soll es Särge mit digitalem Satellitenempfang geben. Man nennt sie Wohnzimmer.

Man sehe fern in unserer Kultur, und die Lehre des Odysseus bleibt: Die Schatten sind mit Blut zu füttern.

Es strahlen aus: nette Leute, Politiker, das Fernsehen, Tumore.

Es wird so weit kommen, dass man an Gott glauben oder verliebt sein muss, ein Sadist sein oder ein Liebhaber bestimmter Klavierkonzerte, um eine Maschine ordnungsgemäß bedienen zu können. Der Ausbeutung von Intelligenz, die bald an ihr Ende gebracht ist, folgt zwangsläufig die technische Expropriation der Gefühle.

Das Erstaunlichste an den Computern sind immer noch ihre Erfinder.

Wer anderen eine Grube gräbt, legt heut ein Fernseh-kabel rein.

Das elektronische Pendant zur bösen alten Schmiere wurde rasch gefunden. Aber umgekehrt fehlen doch noch sehr die Viren für ausgesuchte Printmedien.

Das Beste an der elektronischen Verfaulung ist, dass man sie nur virtuell riechen muss.

Fotografie ist nicht Schöpfen, sondern Abschöpfen. Und deshalb bleibt sie Fertigkeit und wird nicht Kunst.

Sie mag ja Kunst sein, aber die Fotografie ist kalt wie ihre Glaslinsen und Metallgehäuse. Nur die Malerei hat Wärme.

Der digitalen Fotografie ist ein großer Fortschritt bei der Vernichtung der Bilder gelungen. Unendlich viele bunte Leichen in den Massensärgen der Festplatten und den glitzernden Urnen der Kompaktdisketten.

Einmal erschien mir ein Rechner, an dem ich einige Jahre arbeitete, rührend menschlich. Versehentlich schüttete ich eine Tasse gut gezuckerten Kaffees über seine Tastatur. Nur langsam, unter schweren Fehlern trockneten seine Drähte und die Bildschirmmeldungen hatten etwas wahrhaft Desparates. Er heilte von selbst, ohne Apotheker und Arzt, und war dann wieder ganz munter bis zu seinem Tod durch eine Windows-Fehlgeburt.

Die Nachrichtensprecher und die Dauermoderatoren sehen tief nach innen, daher rührt ihr Erfolg. Fast jeden Abend derselbe Mensch, der so betroffen in dein Wohnzimmer starrt, als hinge dort klein gedruckt seine eigene Todesanzeige an der Wand, die er vergeblich zu entziffern trachtet. So werden sie dressiert.

Früher musste man noch umständlich entseelen. Heute knipst man einfach aus. Doch es bleiben verflucht viele im Standby.

Die Kamera nimmt alles mit, und so hat der Film den Vorzug, ein sichtbares Unbewusstes zu besitzen. Der Kameramann ist das ES, und je schlechter der Regisseur, desto mehr sind wir sein Psychoanalytiker.

Modernität ist der Spiegel der Schlange, die sich gelähmt ins Auge starrt.

Die Fachidioten werden aussterben. Heutzutage braucht man überall Vollidioten.

Die Zeitung liefert den Schrecken von gestern, das Fernsehen den Schrecken des Jetzt. Der Horror der Zukunft steht im Internet, aber auch für ihn haben wir längst keine Zeit mehr.

Früher hätte man sich gefreut, heute klingt es bedrohlich: »Briefsortiermaschinen werden immer intelligenter.«

Seit es »den erfolgreichsten Regisseur aller Zeiten« gibt, weiß ich, wie jung doch die Welt ist.

Erst wenn der letzte automatische Anrufer dem letzten automatischen Anrufbeantworter mitgeteilt hat, dass es nach dem Piepton definitiv nichts zu sagen gibt, hat das Telefon sein Ziel erreicht und wir wollen uns wieder besuchen.

Alle haben eine Kamera – und wehe, es fängt einer an zu leben.

Das Internet ist unter anderem nun auch die lang von der Statistik erwünschte gigantische Schreibmaschine, auf der Millionen von Affen tippen, in der Hoffnung, eine Folge sinnvoller Sätze hervorzubringen. Ob sie die Million Jahre Zeit haben werden, die sie benötigen?

Überall melden sie sich jetzt zu Wort. Der weltweite Kasernenhof.

Erst der Flachbildschirm offenbarte die wahre Dimension des Fernsehens.

Das Update ist der Sex der Software. Ich freue mich immer, wenn ich ein Weibchen habe.

Mit jeder Digitalkamera, jedem fotografierenden und filmenden Mobiltelefon saugt der ungeheure Vampir des Visuellen das Blut der Welt. Nur der geweihte Knoblauch der bildlichen Ignoranz kann die Bestie fernhalten, und den Pfahl durch ihr Herz schlägt allein das vom Gedanken zugespitzte Wort.

Jedes Automobil ist auch entwendeter öffentlicher Raum. Schier weggestohlene Straßen und Plätze, ganze Innenstädte, die zeitweilig verschwinden.

TABU. Ist es nicht bezeichnend, dass wir für das Objekt des über die ganze Erde verbreiteten Wahnsinns keinen passenden Namen haben? Du sollst dir kein Wort machen, scheint es. Denn »Automobil« ist veraltet, »Auto« Kindersprache und »Kraftwagen« juristisch daneben. Auf allen Straßen stinkend: Scheiße aus Blech.

Youtube. Goethe brachte noch den letzten Furz zum Druck. Heute drückt es jederman gleich ins Netz. Die Internationale Inkontinente Interflatulenz (III) wird noch den Faust III hervorbringen.

Warnhinweis auf dem blauen Bildschirm der Luft: »Für Sie ist ein Update vorhanden. Arbeiten Sie ruhig weiter, während Sie neu installiert werden.«

Doping für Lemminge: Je schneller das Medium, desto rascher der Tod. Lebt länger, lest Bücher.

Kunst gegen Kultur

Die Kunst hat die Aufgabe, den Menschen in das Geheimnis zurückzuführen, das ihn lebt.

Physiologie auch des Kulturkonsums: Was man zu viel isst, kann nur als Fett gespeichert werden.

In dieser Reihenfolge: Kunst entsteht aus Hochmut, Schmerz, Geduld.

Die Kunst ist das Schlachtfeld der verhinderten Tyrannen. Ihr kann keiner widersprechen. Hieraus folgt die reine Lächerlichkeit der Kritik a priori.

Die Kultur reimt die Widersprüche.

Die Pläne sind der Wahnsinn, der Stil ist die Realität der Kunst. Die meisten sind weder verrückt noch vernünftig genug.

Das Talent fühlt sich begnadet und sucht verzweifelt nach einem Thema. Der Begnadete lebt in der Verzweiflung und wird vom Thema heimgesucht.

Es gibt keine Gnade in der Kunst. Aber sie arbeiten am Gnadenschuss.

Kunst: Entwöhnung von allen Dingen.

Kritiken sollten nur bezahlt werden, solange etwas noch nicht Kunst ist. Ist es Kunst geworden, dann haben die kritischen Befunde den Wert von Behauptungen wie: »Ich mag keine Wolken« oder »Es sollte kein Gras geben«. Auch das »Ach, wie schön!« ist nur geringfügig besser.

Man darf in der Kunst politisieren, siehe Dante, Shakespeare und Tolstoi. Es tut bisweilen auch not. Nur diejenigen, die glauben zu müssen, verrichten ihre Notdurft.

Wem sie nicht das Wasser reichen, dem reichen sie auch nicht das Brot.

Die Kunst beim Kunstwerk besteht darin, nicht aufzuwachen, aber auch ja keinen Fehler zu begehen. Wer zu sehr bei Verstand ist, um abzustürzen, erhebt sich nicht. Wer in der Höhe keinen Verstand hat, stürzt ab.

In der Kritik nennt sich jeder, der den Finger an die Wunde legt, gleich einen Chirurgen.

Stil ist die Lebensversicherung des Künstlers.

Benennbare Fehler in der Kunst gibt es nur, wenn man ein Handwerk oder eine Technik zu einer solchen erhebt. Der Kritiker macht das gern, um seinen Fachverstand zu beweisen, und übersieht, dass er hier nur Pathologe an einer Leiche ist, die nie gelebt hat.

Lasse, was du tun kannst. Das ist die zweite, aber nicht die bessere Hälfte der Kunst.

Musik ist Sprache, gegeben zu einem Zeitpunkt, an dem wir sie gerade noch nicht oder gerade nicht mehr verstehen. Vor ihr sind wir ewige Kleinkinder oder ewig Sterbende.

Ich ertrage Musik, bis ich wieder auf ihre Grundillusion stoße: dass man Sinn hören kann.

Völlig musikalische Menschen können beunruhigend sein wie Roboter.

Worauf es ankäme, wären Kunst, Philosophie und Liebe. Bezahlt werden Kitsch, Technik und Prostitution.

Nicht ernst zu sein ist sowohl eine Tragödie als auch ein Fortschritt.

Das populärste Massenmedium ist noch immer die Luft.

Das Theater: Bretter, die die Welt vernageln.

Meine Abneigung gegen das Theater entspringt dem Widerwillen gegen das Höfische, das sich am Spiel lebender Menschen weidet, und der Abscheu vor der Hofhaltung, die mich zum wehrlosen Zuschauer unwillkommener Zeremonien macht. Ich bin also fair. Mein Missmut gilt gleichermaßen Publikum und Schauspielern. Nur der Gedanke, es müsse ja schließlich einer die

Stücke geschrieben haben, treibt mich in Jahresabständen unter die Krawatten, Studenten und Abendroben.

Das Theater ist eine Verabredung von Exhibitionisten mit Masochisten, deren Eintrittskarten Sadisten an Voyeure verkaufen.

Der Künstler soll feiern, nicht sich feiern lassen.

Am Anfang und am Ende macht man den Fehler, immer wieder aus dem eigenen Werk herauszutreten, um sich verzückt darin zu spiegeln oder verzweifelt zu beobachten. Aber Kunst heißt untergehen zu lernen.

In den Schubladen der Kunst klemmen die langen Finger.

Der Kritiker ist die gefrorene Gestalt, die mit der Axt auf das Meer einschlägt.

Stil ist das Deteskop der Kunst.

Der Künstler spielt mit der Welt. Aber sie kann einfach nicht verlieren.

Die Unverschämtheit des Kritikers offenbart sich, wenn er die Lebenden mit den Toten beleidigt. Glaubt lieber nicht, dass Kafka mit euch hätte reden wollen.

Jeder große Künstler hat Glück. Leider auch viele kleine.

Nicht einfach zu sein. Der Bluff des Dilettanten. Der Mut des Künstlers.

Die meisten sogenannten Großkritiker sind nichts weiter als Graffiti-Vandalen, die glauben, sie würden unsterblich, wenn sie ihren Namen auf den Sockel eines jeden bedeutsamen Kunstwerkes spritzen.

Auf die Dummheiten seiner Zeit kann man nur mit einem fatalistischen Dagegenhalten reagieren. Etwa so, wie Tolstois stoischer Kutusov den Krieg gegen Napoleon gewonnen hat.

Vor allem erschrecken – und dabei vollkommen furcht-los sein. Das wäre Kunst. Und anders wird es keine.

Als Mensch darf man sich ausruhen. Als Künstler nie-mals.

Traurige Tiere

Das Unbegreifliche an den Frauen ist ihre Fähigkeit, Männer zu lieben.

Wo die Liebe hinfällt, soll man nicht das Gras wachsen hören.

Zur Heirat ist erst anzuraten, nachdem man den promiskuitiven Punkt der Erkenntnis überschritten hat.

Freundschaft zwischen Männern und Frauen ist immer möglich, wenn sie nicht miteinander schlafen, wenn sie miteinander schlafen. Und umgekehrt.

Ein schlechter Treffpunkt, wo die Männer kommen, während die Frauen gehen.

Man wollte die Feststellung von La Rochefoucauld, dass die Menschen sich für gewöhnlich schwertäten, Gutes mit Gutem und Böses mit Bösem zu vergelten, zu einem moralischen Imperativ wandeln und ihn nur in der Liebe vergessen. Aber dort wird er schier noch häufiger gebraucht als in der Politik.

Es gibt zwei Arten von Männern. Die einen denken nur an das eine. Die anderen denken gar nichts.

Wer keine Scham hat, kann sie auch nicht loswerden. Schon deshalb enttäuscht jede Prostitution.

Wenn aus Böcken Gärtner werden, klagen die Geißen.

Auf Seitenhieb folgt Seitensprung.

Keine liegt dir ferner als die kokette Frau. Sie befriedigt sich schon mit der Vorspiegelung richtiger Tatsachen.

Ein Einfallspinsel und eine Einfaltslose geben oft ein gutes Paar.

In Liebesdingen ist kaum etwas deprimierender, als eine alte Leidenschaft wiederzusehen und absolut nichts mehr an ihr zu finden.

Ein moralischer Lebenswandel. Wo wurde da denn gewandelt?

Sie kam mir so fremd vor, dass ich heimlich die Finger ihrer Hände zählte.

Gelegenheit macht Liebe.

Wäre er die Erbse gewesen, er hätte die Prinzessin durch hundert Matratzen gespürt.

Schöne Frauen gehören immer den Phantasielosen. Denn diesen ist die Macht, sich nichts vorstellen zu können.

Ihr Körper, der neue Kontinent. Er landete am Strand. Die ersten Eingeborenen empfingen ihn freundlich.

Im Abgrund zwischen Mann und Frau gähnen die Huren.

Jede Liebe ist ein unsichtbarer Spiegel, der unser Bild verbirgt, solange sie dauert. Zerbricht die Liebe, wird das Bild kenntlich, für einen einzigen Augenblick, als etwas, das wir nie wieder werden können. Daher die Trauer.

Es ist zumeist nicht der Schopf, an dem einen die Gelegenheit packt.

Diese endlosen Romannächte, in der er ihr alles über die Liebe beibringt. Heute macht sie das, am Rand einer Kurzgeschichte.

Wenn sie warten kann, dann wartet sie nicht nur auf dich.

Die serielle Polygamie hat ihre Vorteile für beide Lebensabschnittspartner.

Sex wollen alle. Aber wer kann schon was damit anfangen?

Man kann sich auch einfach nur fortpflänzeln.

Ohne die Impotenz gäbe es wenig Treue.

Irgendwann weiß man nicht mehr, was schlimmer ist: der Mangel an Sex oder der Mangel an Sexualtrieb.

Nichts ist kälter als eine Frau, mit der du zehn Jahre lang nicht geschlafen hast.

Der beste Porno ist noch immer dein Kopf. Demnächst auf DVD.

Er landete auf ihrem Mond und wurde sechsmal leichter.

Leidenschaftlich monogam zu sein, das lasse ich als Kunstwerk gelten.

Im uferlosen Ozean der Sexualität werden wir geboren, und dort ertrinken wir auch. Es gibt nichts zu erreichen, und es gibt keine Flucht. Fürchtet euch nicht.

Beschreibung der Schrift

Manchen gehört ein Stein an die Füße gebunden, und von der Brücke der Wirklichkeit aus versenke man sie in einem Buch.

Originell wirst du, wenn du plötzlich das Gefühl hast: Das kann nicht von mir sein! – Eben jenes musste endlich einmal abgeschrieben werden.

Eine Romanfigur beginnt zu taugen, wenn sie aufhört mitzumachen, was der Autor im Schilde führt. Alles Lebendige wehrt sich.

»Sire, geben Sie Gedankenfreiheit!« So deutsch war dieser Engländer.

Gottfried Benn beliebte es einmal zu bemerken, das Gegenteil von Kunst sei »gut gemeint«. Nun, auch das bös Gemeinte ist nicht gleich näher dran, auch wenn man zugeben muss, dass eine opiathaltige Frauenleiche im

Kanal den ein oder anderen Sonnenuntergang aus-
sticht.

Wenn einer etwas zu sagen hat – wozu es dann aufschrei-
ben?

Karl Kraus: Schafrichter mit dem Skalpell.

Irren ist poetisch. Falls man sich dort verläuft, wo keiner
den Weg wissen kann.

Jedes ehrliche Buch ist ein Dokument der Ohnmacht.

Wenn einem beim Schreiben alles Gelernte im Stich
lässt und man sich keine Möglichkeit mehr vorstellen
kann, irgendeine Schulung könne weiterhelfen, dann
hat man den Vorgarten der Literatur betreten. Hier ist
man gar nichts mehr, auf gutem Grund.

Ein gelungener Roman braucht die Strapaze und die
Verführung. Die Strapaze führt den Leser an den kritischen Punkt der Literatur: Er fragt sich, ob er noch mehr
vom Stoff seines Lebens an die eingebildete Welt des

Buches verschwenden soll. Und eben hier muss die Verführung greifen, die ihn davon überzeugt, nicht mit dem eingebildeten Stoff seines Lebens das Buch zu vergeuden.

Dass sie kein Goethe sind, erklären sich die meisten damit, dass sie keinen Schiller haben. Es ist aber der Schimmer, der ihnen fehlt.

Nichts verbindet zwei Sätze besser als der ungeschriebene Roman dazwischen.

Die eigenen Bücher sollten klüger sein als man selbst. Erst wenn man sich unter seinen Lesern zu dumm fühlt, hat man eine brauchbare schriftliche Intelligenzstufe erreicht.

Das Licht des Aphorismus funkelt in einem Tautropfen und blitzt im Mündungsfeuer des Standgerichts. So weit ist manchmal der Weg von Lichtenberg zu Kraus.

Man verlangt das Reale in der Literatur, von einer Kunst des reinen Zeichens. Esst Buchstabennudeln.

Auch bei der geringsten Stelle eines Romans male man sich den Leser aus, der sie sich anstreicht als seine liebste Passage. Und für den schreibe man sie dann.

Um voranzukommen, muss man sich zu Zeiten dem Wissen und dem System öffnen und es demütig hinunterwürgen. Sich nicht mehr mit der Wissenschaft plagen führt zur Selbstverdauung. Pelikane ohne Nachkommen.

Dieses Buch führt sich auf wie ein Beamter.

Über Schiller kann man sich leicht lustig machen, über Goethe mit ein wenig Mühe, über Shakespeare gar nicht. Das ganz Große ist so vergnüglich wie das Leben selbst, *in* dem nach Herzenslust gelacht werden kann, aber nicht *darüber*.

Was die Literatur anlangt, so eignet sich das Internet hauptsächlich als Ort der schrankenlosen Pöbelei und der aggressiven Einforderung von Niveaulosigkeit. Weshalb, fragt man sich verdutzt, geben sie denn gar nicht auf zu lesen? Es wäre so viel gesünder für sie.

Die schöne Schrift, der klare Kopf – das zeigt noch immer den wahren Tropf.

Aus der Allerweltshure Sprache machte Kraus die eiserne Jungfrau.

Die Rechthaberei des Schriftstellers ist erträglich, solange sie gegen seinen Stil verliert.

Er freute sich darauf, seinen ersten Roman zu beginnen. Dulce bellum inexpertis.

Ein Schriftsteller ohne Humor ist wie ein Kopf ohne Ohren. Er will sich nicht am Menschlichen packen lassen. Freilich laufen auch zahllose Ohren frei herum.

Triumph der Biologie: Die Menschen werden immer älter, die Bücher sterben im Kindsbett.

Er versuchte sich als Dichter, schmeckte sich aber nicht.

Und plötzlich ging die Sprache in Dessous.

Wer den Sprung vom Rezensenten zum Kritiker nicht schafft, rechtfertigt sich, indem er zum Anwalt des Durchschnittlichen und Schlechten wird, mit dem er sich gezwungenermaßen die meiste Zeit über beschäftigt. So wird der Büchernarr zum veritablen Feind der Literatur.

»Ich schreibe nur für meine Freunde.« In diese Verlegenheit bringt dich das Verlagswesen schneller, als es um den Verstand gekommen ist.

Die scheinbar große Verwechslung von Wissenschaftlern mit Schriftstellern ist feinsinnig gegenüber der vermeintlich kleinen, die Erstere immer schon für Denker und Letztere für Dichter hält.

Schreibe dich um Kopf und Kragen. Schon entgehst du dem Fallbeil der Kritik.

Einem Dichter einen Stoff anbieten? Einem Violinisten einen Baum schenken, auf dass er sich eine Fiedel schnitze.

Einen Stoff bietet dir jeder an, eine Form keiner.

Man kann sich bei vielen Autoren was holen. Es bräuchte schon Fachärzte für belletristische Krankheiten.

Stets wird es die billige Literatur der Exzesse geben. Karnevalsmasken des Todestriebs.

Liebe und Bücher werden immer noch gemacht, und auf den Messen stoßen ihre Handwerker zusammen.

Vor der Literatur sind schon viele ins Leben geflüchtet.

In der Mathematik kann man erfahren, dass das Imaginäre nichts weiter ist als die Wurzel einer negativen Realität. Daraus folgt die schiere Unendlichkeit schlechter Literatur.

Der aufgeblähte, dröhnende Jahrmarkt der Eitelkeiten mag dem Literaturbetrieb ein Trost sein. Am Ende aber gibt es nur Lesen und Schreiben.

Wäre ich weiß und ein Pferd, dann könnte ich auch ein Schimmel sein. So argumentieren Leute, die behaupten, zum Schriftsteller fehlten ihnen nur einige Geschichten.

Stilles Örtchen. Man sollte verhalten sein beim Bücher-machen. Sonst wird alles nur eine Frage von Druck und Papier.

Wollte ich meine Suizidalität danach bestimmen, wie aller Wahrscheinlichkeit nach mein Leben ausgeht, be-käme ich nicht mehr viele Tage zu Gesicht. Aber ich richte sie danach, wie meine Bücher ausgehen. Das muss ich erleben.

Oft vergehen Jahre, bevor ich ein Buch nicht lese.

Die Tintenfische, unsere Brüder, stoßen ihre schwarze Wolke aus, um sich zu verstecken, nicht um sich preis-zugeben.

Die wenigsten Autoren sind bedeutend genug, um auf-richtig sein zu dürfen.

Der Erfolg macht aus Autoren Lieferanten. Und umge-kehrt.

Ein gutes Buch zu schreiben heißt, vergeblich mit ihm leben zu wollen und vor ihm zu sterben.

Kritikersprüche, die auf den Werken kleben wie nicht ablösbare Preisschilder. Bisweilen hilft Alkohol.

Nichts stimmt mich fröhlicher als die Abgründe, die einen Autor vom anderen trennen.

Sprachen kann jeder Papagei. Aber die Sprache lernt kein Käfigtier.

Ein Buch kann eine Publikation sein oder ein Ereignis. Zumeist passiert nichts.

Dichtung ist der Gesang der Menschheit, nicht das Kassengeheul der Buchhändler.

Der scheiternde Alkoholismus bringt immer wieder trockene Schriftsteller hervor.

Steckbrief: Die einzige Instanz, vor der sich dein Buch fürchten sollte, sind die drei besten Autoren deiner Wahl – tot oder lebendig.

Die Wissenschaft ist die Gelegenheitsliebe der Literatur. Sie wird von ihr benutzt und straft sie dafür mit Verachtung. Davon ausgenommen ist nur die Literaturwissenschaft selbst, die ewige nekrophile Witwe.

Der Romancier sollte der Hauswirt eines wahnsinnigen Poeten sein, der in ihm wohnt. Selbstredend kostenlos.

An Nabokov ärgert mich (nur) die unheilbare und notwendige Eitelkeit. In ihrer puren, überflüssigen Form tritt sie bei seinen selbst ernannten Jüngern zutage, die in der Regel außer ihr rein gar nichts vom Meister geerbt haben.

Obwohl ihn die meisten für einen drittklassigen hielten, war er ein wirklich erstklassiger zweitklassiger Autor.

Nur mit größtem technischem Aufwand herstellbar, oft nur im Geheimen, von Wirtschaftssanktionen und Embargos bedroht, in kleinsten Einheiten von furchterregender Wirkung, möglichst hinter meterdicken Beton-wänden zu verbergen, beim geringsten Kontakt sofort den gesamten Organismus kontaminierend bei einer Halbwertszeit von einer Million Jahren – so etwa schätzt man das Plutonium der ambitionierten Literatur ein. Verbittert arbeiten wir an der großen Bombe. Sie beruht auf Fusion, denn Kunst ist nicht spaltbar.

Der Krimi ist die Leiche, die er liebt.

Die Freundschaft von Schriftstellern gleicht der von Gladiatoren, die sich früher oder später in der Arena be-gegnen müssen. Man kann sich eine Zeitlang herzlich zugetan sein, auch im Bewusstsein, einander vernichten zu sollen. Danach hilft nur noch der Sieg oder die Mo-rallehre des Christentums.

Wenn du in Glück oder Unglück das Buch weiterschrei-ben würdest, das du schreibst, dann schreibst du das richtige Buch.

Das oberste Gesetz des Literaturbetriebs: Jeder ist der Wichtigste. Im Einzelnen und Besonderen ist jeder Au-tor wichtiger als alle anderen Autoren, jeder Verleger wichtiger als alle anderen Verleger, und unter diesem geht es so fort, denn auch der letzte Bucheinpacker im Verlagsversand ist derjenige, auf den es einzig ankommt. Sodann halten wir fest, dass noch der kleinste Verleger den größten Autor, der kleinste Autor den größten Verleger und erst recht den wichtigsten Kritiker um Längen überragt. Das Feuilleton ist natürlich überhaupt das Allerwichtigste, auch wenn jeder Wald- und Wiesenlektor eigentlich als bedeutsamer angesehen werden muss. An erster und oberster Stelle hätte man aber den Buchhändler anzuführen, der über sämtlichen Autoren und Verlegern thront, vor allem aber über jedem Leser und Käufer. Letzterer ist Kunde und König, nichtswürdiger Endverbraucher und Gott, der froh sein sollte, ein Buch überhaupt berühren oder die Schwelle küssen zu dürfen, über die Autoren, Verleger, Kritiker und Händler übereinander hinweggeschritten sind.

Wer vom Ende des Romans redet, sollte sich einen neuen kaufen.

Nähert sich die Kunst als Vampir, dann schlage ihr den Pfahl des Nabokov ins Herz. Schreibe am Tag, im Licht der Sonne. Gehe spazieren. Sammle Schmetterlinge.

Machen wir uns nichts vor, viele Schriftsteller können irgendetwas. Nur eben nicht viel. Und auf gar keinen Fall schreiben.

Ein gutes Buch rettet dem Autor das Leben. Jeden Tag.

Man muss über die Beklemmung hinauskommen. Am bloßen psychologischen Realismus fehlt die Größe oder wenigstens der Ausblick. Literatur ohne Fenster.

Kurz nachdem man mir den Büchnerpreis zugesprochen hatte, erhielt ich überraschend den Nobelpreis für Literatur. Das wäre nicht unbedingt nötig gewesen, da mein letzter Roman bekanntlich fünfzehn Millionen Euro einbrachte. Aber so konnte ich leicht ein Heim für an Altersarmut und Demenz leidende Literaturkritiker stiften, das ich vornehmerweise nicht nach mir benannte. Dies, werte Kollegen, sollte der Ausgangspunkt unseres Schreibens sein. Nur wer es nicht nötig hat, tut das Notwendige.

Ein jedes Buch mit Phantasie verzeiht man dir in Deutschland nie.

Er mag lächerlich, bloß spielerisch und überflüssig wirken im Vergleich zu den großen Leitartikeln, den gewagten Essays, den profunden Sachbüchern seiner Zeit. Aber nur der Roman wird übrigbleiben, nur die Kunst überlebt.

Am Anfang war das Wort. Wird es am Ende auch ein Buch sein?

Und der Herr sprach: Es werde Buch. Lernt lesen.

Jeder Aufstand beginnt mit
einem Entsetzen

Die Staatsgewalt geht vom Volke aus und kehrt ungern wieder zurück.

Exempla docet: Der Wähler liest eine, der Politiker drei, der Terrorist fünf Zeitungen am Tag.

Die allgemeine Volksverstimmung wurde von der Regierung mit überwältigender Mehrheit verworfen.

Die großen Verbrechen begehen die reichen Gesellschaften fast im Zustand der Bewusstlosigkeit. Wenige wissen, noch weniger profitieren, und die Hellsichtigen schwelgen in ihrer Ohnmacht. Das Somnambule der Gesamtheit scheint der Preis der Komplexität zu sein. Das Böse, das mitten im Frieden aus dem Gärteig eifrig schaffender und unermüdlich konsumierender, keiner Fliege was zuleide tuender Normalbürger erwächst, ist nur noch in seinen fernen Wirkungen sichtbar. Die Wurzel des Kriminellen liegt vergraben: das Unwissen, beinahe wie in den Lehren des Buddhismus.

Die Völker halten, was die Regierung verbricht.

Nichts macht Männer kriegerischer als der Austritt aus dem wehrfähigen Alter.

Anno 1988 verhaftete die Volkspolizei in Leipzig zwei Menschen in einem Fußballstadion, die ein Transparent entrollten, auf dem nichts geschrieben stand. Sie hatten das Epitaph der DDR enthüllt. Ich frage mich, was heute der gleichen Protestform zustoßen würde. Es ist ein so wunderbarer Lackmustest auf das tyrannische Potential, dass man ihn regelmäßig weltweit durchführen sollte.

Mit so vielen sind die Flaggen schon ins Grab gegangen, dass es vollkommen natürlich ist, sich vor ihnen wie vor Leichentüchern zu ekeln.

Bisweilen sind die Zeitungen so deutsch, als gäbe es uns wirklich.

Nostalgische Erinnerung an die Wiedervereinigung: DDR-Bürger werden beim Hereinströmen in eine westdeutsche Fußgängerzone mit Bananen beworfen und rufen empört: »Wir sind doch keine Neger!«

Heutzutage ist man tierfreundlicher geworden. So wickelt man toten Fisch kaum mehr in Zeitungen.

Jede vornehmlich auf Ästhetik bauende Kritik der modernen Gesellschaft führt in die eindimensionale Verzweiflung. Das ist die Falle des Marcuse, mit einer integrierten Adorno-Automatik zur Verachtung der Massen. Es gelingt nicht immer, sich an Zentralheizkörpern, gelungenen Krebsoperationen, Sanitäranlagen und Großbildfernsehern wiederaufzurichten. Aber wenn man es einmal geschafft hat und es ihnen gönnt, dann sieht man doch, dass sie einen nicht wirklich stören, die hässlichen Demokraten, die sich ans bessere Leben klammern.

Natürlich ist die Zeitung unverzichtbar. Gott hat gewirkt, um darin zu stehen. Leider ging bei der Sintflut die Nullnummer verloren, auf deren Titelseite es hieß: »Erschaffung der Welt! In sieben Tagen! Unser Korrespondent berichtet vom Wasser.«

Das Urbild aller Konservativen ist Parmenides. Mit der unerbittlichen Fortschreibung eines Trugschlusses die Welt in die nicht vorhandenen Angeln heben.

Der gesunde Nationalismus hat schon halbe Völker hinweggerafft, ohne von der Medizin registriert zu werden.

Wenn man mit den Vereinten Nationen einen Verein von Nationen meint, meint man schon besser.

Ein Oppositionspolitiker: »Unsere Vorstellungen sind mit denen der Regierung weitgehend identisch.« Wahrscheinlich bildet er auch mit sich weitgehend die Einzahl.

Die Boulevardpresse ist der Ort der biblischen Rache. Sie will alle Diebe bestehlen, alle Mörder ermorden und alle Vergewaltigten noch einmal vergewaltigen.

Wenn die letzte Volksabstimmung verworfen wird, weil sie mit der jüngsten Meinungsumfrage kollidiert, dann hat uns endlich die Demokratie.

Die Zeitungen haben aus den Misserfolgen der Engel gelernt und erscheinen jeden Tag.

Das Maß des Volkes muss ein Loch haben. Sonst ginge so viel Politik einfach nicht hinein.

Das Fernsehen ist vor allem Geschwätz und Mord und die Zeitung Geschwätz über Mörder.

Endlich habe ich verstanden, was es mit dem Standort Deutschland auf sich hat: Keiner soll mehr sitzen dürfen. Gehen wir doch über zur Lage der Nation.

Die wahre Elite baut die falsche Virtualität, in der die anderen ihr richtiges Leben vertun.

Man wird immer verzweifeln, wenn man den Sinn und das Ziel der Gesellschaft oder gar der gesamten menschlichen Zivilisation sucht. Deshalb ist es besser, die Lehre des Einzellebens auf den Rest der Welt auszudehnen, nach der es gerade deshalb lebenswert ist, weil es keinen Sinn hat. Unterwegs zu sein bei guter Gesundheit und brauchbarem Wetter, mehr sollte man nicht erhoffen.

Auch das Leben hat seine Homöopathen

Wenige suchen. Die meisten haben finden lassen.

Das Leben hat keinen Meister, schrieb Jean Paul. Aber so viele Doktoren.

Wer die Welt sucht, kann nicht vom Weg abkommen.

Es ist nicht das Schlechteste, zunächst die Probleme zu lösen, die man hätte, wenn man keine Probleme haben würde.

Jeder hat Eselsohren im Buch seines Lebens. Wer immer die gleichen Stellen aufschlägt, ähnelt bald dem besagten Tier.

Immer wieder mal muss man sich am eigenen Schopf in einen fremden Sumpf ziehen.

Der beste Weg zur Moral ist der Umweg.

Zu den Paradoxa in der Geometrie der menschlichen Beziehungen gehört der Freundeskreis. Er ist erst dann ideal, wenn sich seine Enden unmöglich zusammenfügen lassen. Nur wer es als Katastrophe ansehen muss, die wenigen, die ihm viel bedeuten, an einem Tisch zu versammeln, lebt in einer geschlossenen Figur.

Jede Liebe, die einmal war, und jede beendete Freundschaft hat noch ein Leben in uns. Was wollen wir sein? Ihr Gärtner, ihr Historiker, ihr Pathologe?

Toleranz ist die Fähigkeit, angesichts des universell gewordenen Schwachsinns zu ermüden.

Der Verführer trifft keine Verabredung. Er sagt immer nur: Jetzt!

Der bewundernswerte Ehrgeiz und die titanischen Energien, mit denen die Leute ganz gewöhnliche Dinge tun … Aber natürlich können die gewöhnlichen Dinge nur so vollbracht werden.

Würde der Schaden der anderen etwas nützen, könnte man die allgemeine Klugheit kaum mehr ertragen.

Nichts ist relativer als das Unglück der anderen.

Perspektivisches Paradox: Wer seinen Bewunderern zu nahe tritt, wird schnell einen Kopf kürzer gemacht.

Das Geld der Reichen ist wie die Sexualität der Huren – ein verschwundener Besitz. Nur diejenigen, die noch verdorben werden können, bleiben Gewinner.

Wenn mich auf meinem steilen Weg zu den blühenden Wiesen der Nichtraucher die Zweifel überkamen, murmelte ich bis zur Besinnungslosigkeit vor mich hin: Homer war Nichtraucher, Dante war Nichtraucher, Goethe war Nichtraucher. Bei Shakespeare und Gott war ich mir nicht ganz sicher.

Von einem sehr ehrgeizigen und unangenehmen Menschen hörte ich einen klugen Satz: »Es gibt immer einen, der besser ist, ganz gleich, was man tut.« Wie missvergnüglich, ihm Recht geben zu müssen. Aber ich wollte ja besser sein.

Man weiß immer, wann man glücklich ist. Das Ausmaß des Glücks zu erkennen bleibt allerdings einem künftigen Unglück vorbehalten. Und es gibt auch das traurige Licht, das von einem größeren und späteren Glück auf das vermeintliche völlige Glücklichsein früherer Tage fällt.

Sie lebte so in die Nacht hinein.

Könnte ich den lieben langen Tag machen, was ich wollte, ich hätte es schwer genug. Es ist also vollkommen unnötig, dass man mich zwingt, mein Geld zu verdienen.

Natürlich ist das Leben ein schlechter Roman. Idiotische Figuren und langweilige Umgebungen dominieren. Die Handlung erscheint fade und unnötig. Es geht immer nur um Geld, Sex und Macht, und vielversprechend erscheinen oft nur weit hinten liegende Kapitel, was manchen dazu verleitet, gleich zum Schluss zu blättern oder wenigstens diagonal zu leben. Am Ende ruht alles flüchtig erfasst zwischen zwei Deckeln, auf denen ein einfallsloser Titel steht. Leset in Frieden.

Das Schlimme am Aus-sich-Herausgehen ist in aller Regel die Heimkehr.

Konzedieren wir uns eiserne Gesundheit, allen Wohlstand, die wahre Liebe, den besten Sex und einen guten Freundeskreis. Auch dann arbeiteten viele noch gerne. Das Glück ist bei den Tüchtigen, weil die Tüchtigkeit das Glück ist. An dieser Stelle entsteigt Aristoteles der Unterwelt und gratuliert uns gähnend, aber herzlich.

Sie erschien so ehrlich, dass ich mich sofort mit ihr betrog.

Leute, die meine geschlossenen Türen einrennen, fallen gleich wieder mit ihnen aus dem Haus.

Man muss älter werden, um aufhören zu können, die Haltlosigkeit zu bewundern. Die Mutproben der Jugend, die leichtsinnigen Ausfälle der frühen Erwachsenenzeit. Danach beginnt der Glaube an die Existenz des Todes.

Wenn ich es nicht mache, macht es kein anderer. Eben der beste Grund, es seinzulassen.

Hoffmannsthal: »Im Licht sind die gleichen Geheimnisse wie im Dämmer.« Ja, aber dort sehen sie entschieden besser aus.

Odysseus und die Sirenen. Das Leben als kontrollierter Abusus.

Die Existenz der Psi-Bombe wurde mir offenbar, als ich von einem Analytiker las, die soziale Misere Indiens ließe sich auf das Fehlen eines ausgeprägten Ödipuskomplexes zurückführen.

Bald wird es kein Vergnügen mehr geben, das nicht zur Therapie geworden ist, und wir müssen uns ernsthaft bei der Arbeit erholen.

Wer nicht verzeihen kann, hat keine Freunde.

Das Leben bietet dir alles. Sogar nichts.

Die Möglichkeit, durch das eigene Leben rückwärts zu gehen, sich in Gestalt eines guten Freundes oder besser noch einer Pallas Athene zu erscheinen und sich die besten Ratschläge geben zu dürfen. Wollte man sie nutzen?

Dafür kannst du nur leben, wenn du nicht davon leben musst.

Man befindet sich in einem bedenklichen Zustand, wenn einem die Leute recht geben, bevor man auch nur den Mund öffnen kann. So geht es den Alten, den Irren und denen, die es zu was gebracht haben.

Begrabene Illusionen? Vorsicht bei der Beerdigung eurer Träume! Selbst den Toten wachsen noch die Nägel, und sie bewegen sich in der Erde.

Mitte dreißig ergeben sich viele. Aus Frauen werden Mütter, aus Männern Maschinen. Und ihre Nachkommen sind wieder nur wir.

Es wäre uns viel geholfen, wenn wir an den Ursachen leiden würden statt an den Folgen.

Es gibt immer einen verzweifelten Ausweg: den Mut nicht sinken zu lassen.

Krankheiten, die nur auf anderen Planeten heilbar sind.

Niemand füllt eines anderen Leben.

Rätselhafte Tage, an denen man nicht weiß, ob man glücklich oder verzweifelt ist.

Die hohe Kunst ist das einsame Glück. Und das sehende.

Gute Erinnerungen pflegen das schlechteste Gewissen zu besiegen.

Die frühen Erinnerungen sind vor allem Eigenliebe. Man wird erst Mensch, wenn man die Kindheit, die Jugend und das frühe Erwachsenenalter gedanklich auslöschen kann. Was habe ich mit mir zu schaffen?

Entscheide dich für dein Leben. Die leichteste Übung. Das größte Kunststück.

Dass du anders bist als alle anderen, darin liegt der Trost. Dass du jederzeit genauso viel wert bist wie jeder andere, darin liegt die Freiheit.

Je älter man wird, desto mehr wünscht man sich für gewisse Zeitgenossen die Existenz der Hölle. Nachlassender Glaube an die irdische Gerechtigkeit.

Biedermeiers Opium: Die Betäubung mit Normalität lässt einen nicht wenige Operationen des Lebens leidlich überstehen.

Vom Planet der Glücklichen zum Planet der Unglücklichen braucht es kaum einen Schritt.

Jedes Quentchen Weisheit, das das Alter mit sich bringt, ist nötig, um es zu ertragen.

Alles, was man verliert, erscheint wesentlich bedeutsamer, als es war. Halbiert eure Verluste und wertet doppelt, was ihr habt.

Lebenslänglich lebensmüde sein. Erst kurz vor Eintritt des Todes erwachen.

Auf den Grabstätten der Etrusker findet man das traurigste Bild des Todes: Löwen, die einen menschlichen Kopf zwischen den Pranken halten wie einen staubigen Ball.

Wer zur Welt kommt, den verschenkt das Leben.

Die Medizin ist das erste Kapitel des Todes.

Das Jüngste Gericht wird nicht stattfinden. Davor nämlich gibt es die Jüngste Exekution.

Man wundert sich, weshalb neolithische Kulturen ihre Toten in einer Liegestellung mit angehockten Beinen begraben haben. Dabei ist es doch folgerichtig, jemanden so in den Tod zu betten, wie er kurz vor seiner Geburt lag, oder ihn ins Feuer zu geben, wenn man glaubt, dass das Feuer den Anfang und das Ende der Welt bedeutet. Wir aber lassen uns aufbahren, so dass man einen Zettel an unserer großen Zehe befestigen kann, und liegen stramm bis zum Jüngsten Tag.

Über den Tod wissen wir nur, dass unser Körper völlig zerstört werden kann.

Von Krankheiten, die uns drohen, machen wir uns ein Bild nach Maßgabe des medizinischen Apparats. Wir denken nicht daran, Krebs zu haben, sondern tomographiert, punktiert, aufgeschnitten und mit harter Strahlung beschossen zu werden. Die erste Hälfte der Angst vor dem Tod bezieht sich auf das, was die Medizin mit uns anstellen wird, bevor er eintritt. Es stirbt sich doch immer schwerer.

Aus Angst vor dem Tod das Sterben zu verlängern. Einem Römer wäre das verächtlich vorgekommen.

Ich kann meinen Tod nicht glauben, ja oft noch nicht einmal mein Leben.

Dafür, dass uns der Tod ein Leben lang schreckt, sollte er auch wirklich etwas zu bieten haben.

Am Ende werden wir Altruisten und sterben nur für die anderen.

Alte Leute, die sich jahrelang festlich aufputzen, voll rätselhafter Vorfreude auf ihre Hochzeit mit dem Tod.

Manchmal gehe ich so gerne schlafen, dass ich mir vorstellen kann, mich einmal auf den Tod zu freuen.

Da wir in der Lage sind, uns als Gast des Lebens zu fühlen, fragt es sich, ob wir nicht vieles vom Tod schon in uns tragen. Und es fragt sich auch, ob wir vollständig zu sterben vermögen.

Wenn der Orgasmus der kleine Tod ist, dann will ich doch hoffen, dass sich der Tod als großer Orgasmus erweist.

Man muss mit jeder Altersstufe fertig werden. Es wird selten viel schwerer oder leichter im Leben, meist kommt man ganz gut zurecht. Die Lebenden wurden geboren, und das Sterben hat noch ein jeder geschafft.

Es mag etwas nach dem Leben kommen. Aber nach dem Tod ist weder Kommen noch Gehen.

**Der Weltgeist beging Selbstmord
an Hegels Grab**

Quer denken? Zu dem heutigen Brei?

Die Wahrheit – das Objekt unseres stärksten Interesses, unserer größten Gleichgültigkeit.

Im Laufe der Zeit verlassen einen die systematische Bildung und Wissenschaft, und die Besten werden hirnfällig.

Zur Wissenschaft führen heute so viele Brücken, dass alle Esel zu ihr gehen.

Montaigne: Die lateinische Art, »leckt mich am Arsch« zu sagen. Oft erinnert er mich an die Leute, die genüsslich erzählen, wie gut sie heut wieder geschissen haben.

Nicht die Wahrheit siegt, sondern die Klarheit, mag diese auch noch so falsch sein. Die Lehre gilt von Platon zu Nietzsche, und um zu wissen, wie es heute um sie steht, frage man sich nur, was einem völlig einleuchtend und gewiss erscheint.

Vergiss Voltaire: Die Gedanken regieren nicht die Welt. Sie machen sie allenfalls erträglich.

Ich kann Adorno nicht verzeihen, dass er versucht hat, aus Odysseus den ersten Pietisten zu machen.

Philosophie ist der Exorzismus der Religionen, das Leben der Exorzismus der Philosophie. Deshalb sind die Lebens-Philosophen noch schlimmer als die Pfaffen. Sie wollen die letzte Fluchttür vernageln.

Die besten Sätze haben eine Blüte, die rasch die kleinen, wirr summenden Gehirne anlockt, und eine Luftwurzel, die nur in der Höhe selbsttätiger Köpfe gedeiht.

Bei Wittgenstein liegt die intellektuelle Spannung nicht in, sondern zwischen den Sätzen. Man könnte sagen, er habe die schwersten Punkte gesetzt. Weniger Punkte als mikroskopische schwarze Löcher.

Meine Philosophie bestand zwei Jahre lang aus den Beulen, die ich mir beim Anrennen gegen Wittgenstein zugezogen habe.

Das ewige Licht ist Geist. Nur das Inspirierte überlebt.

Im Gegensatz zum Philosophen sollte der Dichter das Leben nicht genauer nehmen, als es ist.

Gläserne Philosophie. Das Wiederverstecken der Geheimnisse in der Luft.

Das letzte intellektuelle Problem scheinen heutzutage die letzten Intellektuellen zu sein. Sie müssen sich schon selber wegdenken.

Kein Solipsismus: Mit dem letzten Menschen gehen die Galaxien unter. Danach werden einige Insekten und widerstandsfähige Tiere einige Millionen Jahre lang ein verschwommenes Bild aufrechterhalten. Schließlich wird alles, was die Astronomie erforscht hat, das unverständliche Gekritzel auf dem Plan der Welt sein, das es vor unserer Ankunft einmal war.

Die Upanischaden sind mir der angenehmste Religions-text. Ein philosophischer Gesang.

Religionen heute: Valium fürs Volk.

Die Gläubiger Gottes sind so zahlreich, dass der Tag des Jüngsten Bankrotts naht.

Alles Mögliche kann katholisch werden. Nur nicht der Mensch.

Die Kirche mag alt sein. Sex ist älter.

Eigenartigerweise überzeugt man die Leute von seiner Jenseitskompetenz am meisten, indem man möglichst genau ihr Diesseits maßregelt. Wer so infam ist, der muss es ja wissen.

Jedesmal, wenn sich in der Welt ein Spalt zu Gott auftut, tritt ein Engel davor, um uns die Sicht zu nehmen. Seine Ausreden nennt man Botschaft.

»Fehler im All gefunden!« Dabei meinten sie einen defekten Satelliten. So muss ich weiterhin zuwarten, dass endlich einmal die Patzer Gottes in der Zeitung stünden.

Weil wir reden, reden wir auch zu Gott.

Hätte Gott die Welt wörtlich gemeint, bestünde sie in der Tat nur aus seinen vier Buchstaben.

Einen Menschen verlieren. Als hätte man nur einen Augenblick lang nicht aufgepasst. So geschieht es Gott tausende Male am Tag.

Wer hoch stapeln will, muss tief greifen. Keine Religion, die nicht an die Geschlechtsteile fasst.

Jesus Christus ist der beste Beweis für die These, dass alle Regisseure verhinderte Schauspieler sind.

Jeder müsste im Jenseits bekommen, was er sich im Diesseits darunter vorgestellt hat. Aber woher nähme man die Statisten?

Wir sind zur Doku-Soap Gottes geworden. Wie beruhigend, dass es keine weiteren Zuschauer gibt.

Wahrheitsliebende, die sich reines Wasser einschenken wollen, sieht die Welt auch nicht so oft.

Der Geist ist negativ, gewiss. Aber das Negative deshalb noch lange nicht Geist.

Heraklit wird Recht haben: Nach dem Tod kommt etwas, das die Menschen nicht erwarten. Etwa, dass Heraklit Recht hat.

Wahrscheinlich überleben wir nur, weil nichts mehr ermüdet als die philosophischen Probleme.

Die Erotik ist die Praxis der Philosophie. Wenn man denn ein Philosoph ist.

Alles, was je gedacht wurde, wurde auch schon übertrieben.

Mit dem Geist im Stundenhotel. So leben wir uns aus.

Nur wer Kunst und Wissenschaft besitzt, sollte es sich erlauben, auch noch religiös zu sein.

Sich niemals vordrängen. Niemals warten. Feuersteine für den Geist.

Die Philosophie muss ihre Türme aus dem Sand graben.

Menschenfresser,
Misanthropisches Kabinett

An Großartigkeit leiden so viele, dass ein veritabler Größenwahn doch wieder erfrischt.

Manche sind so lästig, als könnten sie etwas dafür, dass sie geboren wurden.

Es braucht immer gerissenere Therapeuten, um die Leute von dem Vorwurf zu befreien, sie seien nicht rücksichtslos genug.

Man kann sich größer machen, als man ist. Aber nur ein kurzes Stück. All diese Selbstverkäufer auf Stöckelschuhen, Transvestiten des Ruhms.

Seit es Paralleluniversen gibt, bin ich gern wieder Weltbürger.

So mancher Fisch, der am Haken reißt, glaubt, er ziehe den Himmel in seinen Teich hinab.

Das Verwechseln von Kumpanei mit Maßstäben hat mehr Anhänger als alle Fußballclubs zusammen.

Mit etwas Übung kann man den Lärm, den man um sich selbst macht, mit dem Beifall des Publikums verwechseln. Das feinere Ohr hört sogar das Jubeln der Kritiker und das staunende Murmeln der Experten heraus.

Es gibt Leute, die lassen ihre gesamte Umwelt blass aussehen. Fangen sie dann gar das Schreiben an, werden mit einem Schlag alle Bücher dümmer.

Die Entsagung der Künstler, die nicht selten physische Nachkommen, eine Schleppe opferwütiger Geliebter und den Trost einer eigenen Schöpfungsgeschichte in Reichtum oder Elend gewährt, gilt letztlich nur dem Spiel »wahres Leben«. Dieses vergeudet die Massen wie ein Krieg, weil sie es ebenso ernst nehmen. Die Spaßgesellschaft, die nun dahinterkam, irrt sich allerdings. Wer nicht einmal mit dem Spiel ernst macht, ist schon in Verwesung begriffen. Sämtliche Totenschädel grinsen.

Es gibt zwar kaum noch Kronen, aber die Zacken fallen allenthalben.

Alle forschen. Keiner denkt.

Sie nassforschen heute an den Universitäten.

Bitte leihen Sie mir Ihr Ohr. Ich bin sicher, es wird Ihnen geduldig zuhören.

Sie nahm ihn beim Wort. Aber da war er ganz unempfindlich.

Wie ein Blitz schoss es ihm durch den Kopf. Noch heute macht er einen recht verbrannten Eindruck.

Nachts grünt des Lebens grauer Baum.

Es gibt Menschen, denen begegnet man mit dem Schreck, der beim Aufziehen völlig leerer Schubladen entsteht.

Das Zuckerwasser ihrer Ehe ließ sie schon ganz kariös erscheinen.

Man mag die Schwätzer hassen, aber die Bleichen, in sich selbst Erschöpften sind auch nur ihre eigene nicht vorhandene Freude.

Von Hause aus war er eigentlich Mensch.

Er las Zeitung wie ein Fisch.

Je wackliger die Zähne, desto fester die Überzeugungen.

Erschreckend sind auch die klinisch Lebenden.

Menschen, auf denen alles draufsteht, obgleich nichts drin ist. Nennen wir sie Wundertüten.

Er schwieg wie ein Buch und redete wie ein Grab.

Viele nehmen sich wichtig. Das heißt aber nicht, dass es sie gibt.

Es gibt Nadelöhre, durch die schon viele Kamele gegangen sind.

Der Ödipuskomplex ist eine Erfindung hässlicher Mütter.

Leute, die einmal im Recht sind, kommen selten wieder heraus.

Mich selbst verwirklichen. Kann ich meiner Phantasie nicht antun.

Schön, wenn der Himmel voller Geigen hängt. Aber wehe, sie fangen an zu spielen.

Quengelware

Er war so belesen, dass ich ihm nur die Anführungszeichen zitieren musste.

Nach diesem Abend hatte er einen Geist sitzen.

Er stellte seinen Scheffel auf jedes Licht.

Das Leben hat zu wenig gebetene und zu viele betende Gäste.

Noch aus jeder inneren Einkehr kam er als Zechpreller zurück.

Ins Gras beißen will ich doch lieber als Kuh.

Er verschickte einige Ansichts- und Absichtskarten.

Bleiben wir optimistisch. Es kommt sowieso schlimmer, als wir denken.

Die Würfel des Schicksals fielen ihm stets auf den Kopf.

Sie tat ihm einen Gefallen. Aber sie fiel ihm zu sehr.

Bisweilen ist mir so nostalgisch zumute, dass ich lieber am Schlagfluss sterben möchte als am Koronarinfarkt.

Wie im Himmel, so auch unter der Erde.

Er erklärte sich für satyriert.

Auf und nieder
Ich saß in einem Café und hörte plötzlich eine faszinierend sichere und dunkle Frauenstimme sagen: »Ach, ich habe gleich gewusst, der Stoff gibt etwas her.« Aber noch bevor ich mich umdrehen konnte, setzte sie hinzu: »Sie hat ein prima Hängekleid daraus gemacht.«

Wenn das jeder täte! – Dazu gehört wenig Phantasie.

Aber wenn jeder das ließe, das muss man sich mal vorstellen.

Er schlief sich aus. Der schönste Tod.

Vom Griff nach dem Strohhalm leben die Bars.

Sie hatte Einfälle wie eine belagerte Stadt.

Man strebe die Kürze zu Lasten der Undurchschaubarkeit an.

Sie liebten sich im Grunde und zeugten tiefe Kinder.

Abrichten kann man sich mit jedem Hund.

Am besten streitet es sich über Dinge, von denen andere wirklich etwas verstehen.

Bisweilen fällt es schwer, sich so dumm zu stellen, wie man ist.

»Mir ist alles zu viel!« Darunter tu ich's auch nicht.

Lieber tot geweiht als lebend gehörnt.

Wo hast du nur meine Gedanken!

Jeder Stein, der ihm vom Herzen fiel, landete auf ihren Füßen.

Er sägte schon an dem Ast, den er sich gerade gelacht hatte.

Er spielte nicht schlecht den Menschen.

Dem König Fußball bin ich kein Untertan.

Eitelkeit ist die Mutter des Schnupfens.

Seine Abgründe waren nur Mulden. Aber er steckte unglaublich tief drin.

Natürlich kann ich, weil ich will, was ich muss. Aber ich muss auch, weil ich will, was ich kann.

Er packte die großen Themen an. Sie spürten nur nichts davon.

Man kann den Stier auch bei den Hoden packen.

Über Geschmack lässt sich nur streiten.

Thomas Lehr
im Carl Hanser Verlag

September
Fata Morgana
Roman
480 Seiten, 2010

Zwei Väter und zwei Töchter, zwei parallele Lebensgeschichten in den USA und im Irak. Ihre Schauplätze sind weit entfernt, und doch verbinden sie zwei politische Ereignisse: Sabrina stirbt am 11. September 2001 im New Yorker World Trade Center, während Muna 2004 in Bagdad bei einem Bombenattentat ums Leben kommt.

»Ein großartiger Roman über den 11. September 2001 und die Jahre danach. Sprachlich und gedanklich ist *September* eine kunstvolle und grundsätzliche Gegenwehr gegen das Leichtgängige, gefährlich Banale in Form und Inhalt.«
Judith von Sternburg, *Frankfurter Rundschau*

»Eine vierstimmige rhapsodische Ballade über den elften September und die Folgen. Ein sprachliches Kunstwerk allerersten Ranges. ... Nichts Geringeres als ein ›West-östlicher Diwan‹ für unsere Zeit.« Tilman Krause, *Die Welt*

»Dieses Buch ist zweifellos das Opus Magnum eines Autors, der schon seit langem meisterhaft mit der Zeit spielt. *September. Fata Morgana* ist weit mehr als der deutsche Roman dieses Herbstes: ein grandioses poetisches Epos, das vom Beginn des 21. Jahrhunderts erzählt.« Meike Feßmann, *Der Tagesspiegel*

Thomas Lehr
im Carl Hanser Verlag

Frühling
Novelle
144 Seiten, 2001/2011

Thomas Lehr hat nach seinem Erfolgsroman *Nabokovs Katze* in dieser Novelle erneut ein literarisches Wagnis unternommen: In 39 Kapiteln werden die letzten 39 Sekunden eines Mannes im Grenzbezirk zwischen Leben und Tod in einer Sprache berichtet, die so extrem ist wie die Situation und der Gegenstand – eine Meditation über Wahrheit und Schuld.

»Thomas Lehr hat eine eigene Form dafür gefunden, die Hölle zu beschreiben. Hier, in dieser Novelle, ist Lehrs Beschreibungslust, seine sprachliche Obsession nachgerade implodiert. Dieser *Frühling* markiert eine wichtige Schwelle in seinem Schreiben.«
Helmut Böttiger, *Die Zeit*

»Die qualvolle, intime und sich immer wieder im Kreis drehende Auseinandersetzung mit der Tätergeneration, entfaltet ihre Kraft gerade durch die äußerste dramatische Verknappung und rhythmische Stilisierung der Sprache.«
Nicole Henneberg, *Frankfurter Rundschau*

»Mit der Kains-Mythe als modellhaftem Grundriss für deutsche Befindlichkeiten nach der Katastrophe gewinnt Lehrs Parabel die Dimension einer Art Theodizee der deutschen Geschichtsverhältnisse.« Sibylle Cramer, *Frankfurter Allgemeine Zeitung*

Thomas Lehr
im Carl Hanser Verlag

Nabokovs Katze
Roman
512 Seiten, 1999/2011

Ebenso zärtlich wie obszön, so sprach- wie bildversessen: ein iro-
nischer und cineastischer Roman über das Kopfkino einer erotischen Passion, über die Projektionen von Leidenschaften und,
nicht zuletzt, über die Nach-68er-Generation, »die stets zu klug
war, um an irgend etwas zu glauben«.

»Lehr erzählt noch einmal in einer in der deutschen Literatur ein-
zigartigen Intensität des Erotischen die Pathologiegeschichte des
Intellekts, die Geschichte vom menschlichen Hirntier zwischen
Sterblichkeit und Unsterblichkeit. Zugleich ist der Roman ein
Glanzstück erzählerischer Polyphonie, eine wunderbare Hom-
mage an Nabokov, eine Liebeserklärung an das Kino und die Ent-
fesselung einer Erotik, die scharfsinnig ist.«
Sibylle Cramer, *Frankfurter Rundschau*

»Lehr hat mit *Nabokovs Katze* einen ganz altmodisch-gediegenen
Bildungs- und Künstlerroman geschrieben, zugleich eine Educa-
tion érotique – mit einer Ernsthaftigkeit und Könnerschaft, die
das Buch über die meisten Literaturtitel dieses Herbstes hinaus-
hebt.« Volker Hage, *Der Spiegel*

»Es gibt Sätze in diesem Roman, da ist Thomas Lehr nicht der Epi-
gone Nabokovs, sondern der nachgeborene Mitschüler.«
Hermann Wallmann, *Süddeutsche Zeitung*

Thomas Lehr
im Carl Hanser Verlag

Die Erhörung
Roman
464 Seiten, 1995/2011

Die Erhörung ist ein Roman der Visionen, ein Roman voller Deutungsmöglichkeiten zwischen skeptischer Vernunft und philosophischer Phantasmagorie. In das höchst reale Berlin der siebziger und achtziger Jahre schicken himmlische Boten ihre verrätselten Offenbarungen über Leben, Tod, Erlösung, Verdammnis, Liebe und den inneren Zusammenhang aller Menschengenerationen von Anbeginn an.

»Thomas Lehr verfügt über eine außerordentliche Sprachkraft, die nichts dem Zufall überlässt, er entwirft Sätze, die in Erstaunen versetzen, die sich ins Gedächtnis ritzen, er ist ein anspruchsvoller, ein unbequemer Autor. Zweifellos gehört der 1957 in Speyer geborene Lehr zu den großen erzählerischen Talenten der Gegenwart.« Undine Materni, *Sächsische Zeitung*